KB130992

청어詩人選 296

솔로몬 왕의 기도

叡松 이용수의 제4시집

청어

솔로몬 왕의 기도

叡松 이용수의 제4시집

차례

제1부   솔로몬 왕의 기도

제2부   내가 시를 쓰는 이유

제3부 너 자신을 알라

제1부

솔로몬 왕의 기도

부처님은 말씀하셨다네

부처님은 말씀하셨다네,
"기도만 한다고,
저 물 위의 기름이
물 밑으로 가라앉겠느냐?"고.

부처님은 말씀하셨다네,
"기도만 한다고,
저 물 밑의 돌이
물 위로 떠오르겠느냐?"고.

부처님은 말씀하셨다네,
"나를 의지하지 말고
진리에 의지하라"고.

진리는 신의 말씀

'탈무드 잠언집'을 보니
이런 말이 있네요,

"기도는 짧게 하고
학문은 되도록 오래 하라."

기도는,
신에게 하는
인간의 일방적인 말이고

진리는,
신이 인간에게 하는
신의 말씀인 고로.

하나님이 침묵하고 있는 이유

모든 것은
진리로만 운행되고 있는 고로.

솔로몬 왕의 기도

나 기도하네,
솔로몬 왕처럼
기도하네.

기적을 달라고 빌지 않으며
지혜를 달라고 기도하네.

모든 것은
신(神)이 만들어 놓은
법(法)으로만 운행되고 있나니
기도한다고 아침 해가 서쪽에서 뜨겠는가?
기적을 기도하며 음주운전하다가
신(神)을 원망하지 않겠네.

올바른 지혜를 얻어
그 지혜로서
모든 난관을 극복하며
운명도 개척해 나아가겠네.

신(神)의 묵시(默示) 1

나는 신(神)의 묵시를
이렇게 읽었소이다.

"모든 지혜는
진리에서 나오나니,
지혜를 얻기 위해서는
먼저 진리를 탐구하고
거기로부터 지혜를 얻거라.

그리하여,
낙뢰를 피하려거든
피뢰침을 세워 두고

연을 띄우려거든
바람이 불어가는 쪽으로
연을 올려라."

디모데전서 2:4

'성경침례교회'에서 출간한
'한글킹제임스 성경'에
이런 구절이 있답니다.

"하나님께서는 모든 사람이 구원받고
진리의 지식에
이르기를 원하시니라."
(디모데전서 2:4)

나는 이를
이렇게 고쳤으면 합니다.

"하나님께서는 모든 사람이
진리와 지혜로써
구원받기를 원하시니라."

뉴턴과 나

1665년 여름 영국에
끔찍한 전염병이 창궐하였다네.

케임브리지 대학은 문을 닫고
학생들과 교수들을 집으로 돌려보냈다네.

막 학사학위를 받은 뉴턴도
자기 고향 집에서
1년을 보냈다네.

어느 온화한 가을 저녁 뉴턴이
사과나무 밑에서 달을 바라보며
사색에 잠겼을 때
갑자기 사과 한 개가 땅에 떨어졌다네.

뉴턴은 생각하였다네,
왜 달은 떨어지지 않는가? 고.

뉴턴은 발견하였다네,
'만유인력'을!

나는
신종코로나 전염병으로 1년 이상을
두문불출 TV를 보다가
이런 것을 보았다네,

'집단 기도가 오히려
집단 감염을 초래했다는 사실'을.

나는 깨달았다네,
'이 세상 모든 사물(事物)들은
그 자체가 신(神)의 일부'란 것을.

지혜가 나라를 구함

뛰어난 지혜가 나라를 구하였나니

보시라,

육군 113만 명, 수(水)군 7만 명을 이끌고 고구려를 침략한
수양제(隨煬帝)가 만든 평양성 공격 별동대 30만5천 명을
평양성 앞까지 지연전으로 유인한 뒤
고구려의 지연전에 지칠 대로 지쳐버린 적들에게
거짓 항복 의사를 보내어
적이 이를 구실삼아 철군토록 유도하여
적이 허둥지둥 철군, 살수를 건너갈 때
이들에게 맹공을 가하여
30만 별동대를 궤멸시켜 버린 살수 대첩,
이것은 을지문덕 장군의
뛰어난 **지혜**로 이루어졌으며,

133척의 함선을 이끌고 공격해 온
왜군을 불과 12척의 병선을 가지고서
왜군을 명량까지 유인하여
거센 조류를 이용, 왜병선 31척을 격파하여

왜군을 패퇴시킨 이 명량대첩 역시
이순신 장군의 뛰어난
지혜로 이루어지지 아니하였던가!

'대한민국 경제'를 '인공위성'으로 비유하면,
이를 오늘날 세계 경제 10위권에 쏘아 올린 데는
2단형 로켓 발사체가 이렇게 사용되었다고 보아서
그 어느 누가 이를 부정할 수 있겠는가?
1단 로켓은, 박정희 대통령(육사2기생)이
경부고속도로와 포항제철을 건설하여
이를 연료로 하여 발사하였으며,
2단 로켓은, 전두환 대통령(육사11기생)이
88서울세계올림픽을 유치하여
이를 연료로 사용하여 발사하였으니
이것 또한 **지혜** 중의 **지혜**가 아니었던가!

육사인은
사관학교 졸업과 동시
임관하면서 리이더(Leader)가 되나니
리이더(Leader)는 필히 지혜로와야 하며

육사 교훈의 '지·인·용',
이중의 제일은 지혜임을
항시 명심하고
아, 육사인이여, 오늘도 내일도
지혜롭게 위국헌신(爲國獻身)하시라!

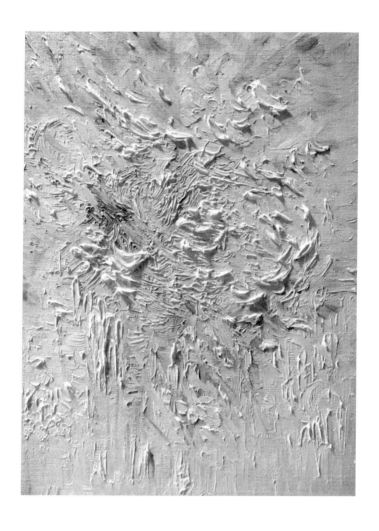

U.S.A.의 놀라운 지혜

미국의 남북전쟁은
1865년 4월 9일 남부군 사령관
리 장군의 항복문서 서명으로
끝을 맺었으나

전쟁은 무려
4년간 지속되었으며
66만 3천여 명의 전사자를 내었다네.

그런데도
승리자 북부군 총사령관
그랜트 장군은,
부하들에게
이렇게 명령하였다네.

"전쟁은 이제 끝났노라.
남부군은 이제 적이 아니라
우리의 형제가 되었노라.
승리를 자축하는 행사를
자제하여 주기를 바라노라."

한때 적의 총사령관이었던
리 장군은 아무 처벌을 받지 않고
워싱턴대학 총장에 취임하여
존경받으며 생애를 마쳤고

링컨 대통령이 종전 직후 암살된 데 반해

종전 후에도 계속 저항했던
남부연합 대통령 제퍼슨 데이비스는
나중에 체포되었으나
2년간의 옥살이만 하고 보석으로 풀려나
81세까지 천수를 다 누렸다네.

위대한 미국은
이렇게 보복 말고 화합을 택하여
미국의 50개 모든 주가
서로 반목함과 보복의 반복이 없는
세계 최강국 U.S.A. 하나로 뭉쳐
세계의 평화와 자유를 위하여
선도하고 있다네.

오, 영원하리라, U.S.A.!

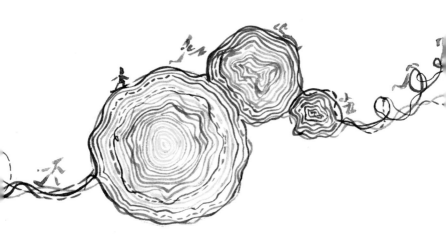

자유의 여신상

자유를 사랑하고 갈망하는
용기 있고 슬기로운 사람들이
함께 모여 세운 나라

모든 사람, 모든 것
다 자유롭게 해서
뛰어난 지혜들 다 모아
함께 힘써 발전한 지혜로운 나라

세계 최강국 U.S.A.!

자유의 여신이
선도하고 있구나!

오,
세계를 향하여 비추고 있는
저 자유여신의 눈부신 햇불,

영원히 빛나거라!

위대한 지혜

아, 노벨상!

스웨덴의 알프레드 노벨 아저씨는
1896년에 서거한 후에 1901년부터
100년이 훨씬 넘은 오늘날까지
그리고 앞으로도 언제까지나 계속
매년 12월이면 세계인의 큰 관심과 흥분 속에
'노벨상' 시상식을 거행함으로써

세계평화 유지와 인류복지 향상에
엄청나게 크게 공헌하고 있나니

이 어찌 노벨 아저씨의
위대한 지혜라 아니 할 수 있겠는가!

사자와 호랑이의 지혜

사자와 호랑이는
서로 싸워 공멸하지 않습니다.

사자는
아프리카 평원에 살고

호랑이는
아세아 삼림에 삽니다.

평화를 위한 인류의 지혜

인류는,

　전쟁으로부터 다음 세대를 구하고

　국제평화와 안전을 유지하기 위하여

　다음과 같이 국제연합(UN)을 만들었나니

　아, 거룩하여라, UN이여,

　영원히 빛나거라!

〈국제연합헌장〉

제1장

목적과 원칙

제1조

　국제연합의 목적은 다음과 같다.

1. 국제평화와 안전을 유지하고 이를 위하여 평화에 대
　한 위협의 방지 제거 그리고 침략행위 또는 기타 평화
　의 파괴를 진압하기 위한 유효한 집단적 조치를 취하
　고 평화의 파괴로 이를 우려가 있는 국제적 분쟁 사태

의 조정 해결을 평화적 수단에 의하여 또한 정의와 국제법의 원칙에 따라 실현한다.

2. 사람들의 평등권 및 자결의 원칙의 존중에 기초하여 국가간의 우호관계를 발전시키며, 세계평화를 강화하기 위한 기타 적절한 조치를 취한다.

3. 경제적 사회적 문화적 또는 인도적 성격의 국제문제를 해결하고 또한 인종 성별 언어 또는 종교에 따른 차별 없이 모든 사람의 인권 및 기본적 자유에 대한 존중을 촉진하고 장려함에 있어 국제적 협력을 달성한다.

4. 이러한 공동의 목적을 달성함에 있어서 각국의 활동을 조화시키는 중심이 된다.

(제2조 이하 전문 생략)

유대인의 창의력과 지혜의 원천

모든 어머니, 모든 아버지
모든 할머니, 모든 할아버지
그리고 모든 선생님들,

들으소서,

유대 사람들은
아이들이 학교에서 돌아오면

"무엇을 배웠느냐?"고 묻지 않고
"무엇을 질문했느냐?"고 묻는다오.

베풂의 미학

나는 보았다네, 화창한 봄날
배 밭에서

꿀벌들이 잉잉거리며
이 꽃 저 꽃으로
날아들고 있었다네.

그 많은 꽃송이마다
달콤한 단 꿀
베풀고 있었다네.

베풀고 있었다네!

나는 한참을 바라보며 생각해 보았다네,
가을이 오면 주렁주렁 탐스럽게
가지마다 가득히 열릴
베풂의 열매를!

웃음

웃음은 이상해요,
당신이 날 보고 웃으면
당신이
더욱 아름다워 보여요.

웃음은 이상해요,
당신이 날 보고 웃으면
나도 따라
웃어 버려요.

웃음은 정말 이상해요,
우리가 함께 웃으면
하늘과 땅의 그 모든 것도
다 따라 함께
웃어 주어요.

우리 늘 함께 웃어요,
이곳이
천국(天國)이 되게.

내가 먼저 그에게

내가 먼저 그에게
인사를 했었죠
그는 매우 반가워하며 나에게
인사를 해왔어요

내가 먼저 그를
칭찬했었죠
그는 매우 좋아하며 나에게
과찬을 하고 있어요

가화만사성(家和萬事成)

아버지는 사랑하고 아들은 효도하며
형은 우애 있고 아우는 공경하며
남편은 온화하고 아내는 유순하며
시어머니는 인자하고 며느리는 순종하니

어떤 어려움이 이 가정을
불행하게 만들까요?

행복이란

행복이란 무엇인지
나에게 묻지 마라.

찬바람 부는 이른 봄날에
높은 나뭇가지 위로
오르락 내리락 힘들어도
정답게 열심히
보금자리 만드는
암수 두 마리
까치들 바라보아라.

행복의 지름길

영어책을 펼쳐보다가
이런 예문을 보았다네.

「To do good is to be happy.
－선행은 행복의 지름길이다.」

옳거니, 옳다마다.
선을 행하면
마음이 흐뭇해지나니
이것이 곧 행복이 아니던가.

나는 행간에
이런 문구를 써넣었다오.

※To do love is to do good.

제2부

내가 시를 쓰는 이유

꽃사랑 행복한 사랑

꽃은 말하지 않습니다, 나에게
"당신을 사랑한다"고.
그래도 나는
꽃을 사랑합니다.

꽃은 말하지 않습니다, 나에게
"당신을 좋아한다"고.
그래도 나는
꽃을 사랑합니다.

꽃은 모릅니다, 내 마음을.
그래도 나는
꽃을 사랑합니다.

나는 꽃에게
아무것도 바라지 않습니다.
그저 꽃을 보거나 생각날 때마다
사랑하며 기뻐할 따름입니다.

그래서 나는 늘
꿀벌보다 행복하답니다.

당신들에 대한
나의 사랑입니다.

즐겁게 사는 지혜

인생의 최종목표를
되도록 높게 잡고

그 중간중간에 중간목표를
여러 곳 설정해서

그 중간목표들을 달성할 때마다
그것을 기뻐하며 즐거운 마음으로
다음 목표 달성을 위해
최선을 다해 노력하면은
인생은 늘 즐겁지 아니하랴?

거북이의 꿈

나는 거북이,
저 높은 언덕을 향하여
토끼와 경주를 하고 있다오.

토끼가 얼마나 빠른지를
나는 잘 알고 있지만요

나는 우승한다는 꿈보다
더 소중한 꿈을 갖고 있다오.

'저 언덕을 오른다는 꿈'

그 꿈이 있기에
나는 모든 것이
힘들지 않다오.

인생의 즐거움

친구야,

인생을 즐기라기에
밖으로 뛰쳐나와 봤더니,

온 식구가 함께 둘러앉아
밥 먹는 즐거움보다
더 큰 즐거움이
그 어디에도 없더라.

파라다이스

이보게,
'파라다이스'가 어디에 있느냐고
나에게 묻지 말게.

파라다이스는
바로 그대의
맘속에 있다네.

나는 행복한 부자

나는
세계에서 제일 큰 부자라오

저 하늘의 해와 달,
반짝이는 수 없는 저 별들
다 내 것이라오

누가 가져갈 수 있으리오?
누가 세금 내라 하리오?

생각하면 웃음 나오는
나는 행복한 부자라오

나의 사랑, 나의 행복

당신을 사랑함으로
이내 마음 기쁘고

당신을 사랑함으로
이내 마음
행복하노라

오, 내 사랑
시(詩)여!

나는 다만 당신을
사랑함을 즐길 뿐

당신이 나의 가슴에
꽃 한 송이 꽂아주지 아니하여도
나는 이대로 이대로
즐겁기만 하노라

사랑하는 당신이 있기에
나 이렇게 행복하노라

뻐꾸기 노랫소리

뻐꾹—
뻐꾹—
청아한 노랫소리 들려오네.

아름다운 온 하늘을
울려서 채우네.

큰 새도 아닌 것이
화려한 새도 아닌 것이

노랫소리 어찌 저리도 크고
아름다울까?

언젠가는 나도 한번
저런 노래 불러보리.

고슴도치의 새끼 사랑

고슴도치야
고슴도치야
네가 말했지,

너의 새끼가
이 세상에서
제일 예쁘다고.

고슴도치야
고슴도치야

나도
내 새끼
나의 노래가
이 세상에서
제일 예쁘단다.

못난이

그 얼굴, 그 귀에
무슨 귀고리인고?

하여

가만히
다시 보니

예쁘고 싶은
여자의 그 마음씨 보여
민들레꽃보다 더 예쁘다.

봄날

자연의 봄날은 저절로 옵니다.
때가 되면 그냥 옵니다.

세상사의 봄날은,
저절로 오지 않습니다.
아무에게나 오지 않습니다.

아름다운 미래를 꿈꾸며,
열심히 준비하고
단단히 대비하는 사람에게 옵니다.

동지섣달에도
봄날이 옵니다.

언젠가는
봄날이 옵니다.

토머스 앨바 에디슨

발명왕, 토머스 앨바 에디슨을
나는 무척 존경한답니다.

유년 시절엔
그분의 발명 때문이었지만,

지금은, 나에게
앞으로 살아갈 방향을 알려 주신,
그분의 이 말씀 때문이랍니다.

"우주의 신비를 탐구하여
그것을 인류의 행복을 위하여
응용하는 것,
그 이상의 봉사 방법을
나는 모르노라."

내가 시를 쓰는 이유

토머스 에디슨이
백열전등, 축음기, 전화기 등
수많은 발명품으로
인류 행복 증진에 기여하였듯이

나는
나의 졸시가
독자들에게
매우 이로운
비타민이 될 수 있도록
최선을 다해 시를 쓴다.

안부

그때는 몰랐습니다
그때가 참 좋았습니다

헤어지고 나서
날이 갈수록

그때가 그리워지네요
자꾸만 보고 싶어지네요

건강하시죠?
건강하세요!

드리는 말씀은 이 말씀뿐

정작 하고 싶은 말씀은
끝내 못 하겠네요

모성(母性)

당신은 나의 클레오파트라,
나는 당신의 포로가 되었다오.

당신의 미모 때문이 아니며
당신의 그 교양 있고 지성적인
달콤한 목소리 때문도 아니라오.

당신이 말하고 움직일 때마다
당신의 몸에서 뿜어져 나오는
그 진한 모성(母性) 때문에
나는 당신 앞에서
무릎을 꿇고 말았다오.

아름다운 시절

춘설(春雪) 그친 파아란 아침 하늘
매화꽃 곱게 핀 나뭇가지 위에
까치 한 마리 참스럽게 앉아 있네요.

아, 보세요,
저 아름다움!

우리
저런 때 있었지요,

당신은 예쁜 매화꽃
나는 참스러운 까치.

산타마리아

젖꼭지 물고 오물거리며
빤히 쳐다보는
아기를 보듬어 안고,
웃으며 내려 보는
당신은 산타마리아.

예쁜 꽃 볼 때마다

다소곳이 피어나는
예쁜 꽃처럼

당신도 고왔던
그때 있었네.

예쁜 꽃 볼 때마다
당신을 생각하네.

당신을 사랑하네.

당신을 사모하네.

제3부

너 자신을 알라

우리 집 할미꽃

장미보다 더 아름답네.
국화보다 더 아름답네.

안쓰러워 더 아름답네.
미안해서 더 아름답네.

어렵던 지난날 생각하면
눈시울 뜨겁게 하는

오, 내 사랑
우리 집 할미꽃!

눈이 내리네

눈이 내리네
조용히 포근히
하얀 눈이 내리네

즐거웠던 시절도
슬퍼했던 세월도
다 잊으라고
조용히 내리네

사랑했던 사람도
미워했던 사람도
다 잊어버리라고
포근히 내리네

우리 할멈 머리 위에
하얀 눈이 쌓이네

흰 백합꽃

꽃은 알고 있었습니다,
자신의 운명을.
그러나 사는 날까지 아름답게
아름답게 살다 갔습니다.

꽃은 알고 있었습니다,
자신의 운명을.
그러나 사는 날까지 남을 즐겁게
웃으며 살다 갔습니다.

자태는 우아하고
말소린 청아하였으며
숨결은 향기로웠습니다.

나의 임
—정필순 여사를 사모함

이제 와 생각하니, 당신은
하늘에서 내려오신 선녀였어요.

우아한 그 자태
청아한 그 목소리
향기로운 그 숨결

하도 내가 못나고 바보 같아서
하도 내가 가진 게 없어서
마음씨 고운 당신이
하늘에서 보고 내려오셔
사랑과 힘을 주시고는
다시 하늘로
돌아가셨어요.

삼 남매를 낳아 길러 주시느라,
나 기죽지 않게 만들어 주시느라
고생도 무척이나 하셨건만

우리는 늘 원앙이처럼
붙어 다녔지요.

"여보,
우리는 지금처럼 애인처럼
100살까지 즐겁게 살아요!"
밤마다 내 안에 안기면서
날 속여 놓으시고
하늘로 훌쩍
돌아가 버리셨어요.

아아,
나 어떡하라고...
이 맘 어찌하라고...

일찍이 당신이
하늘의 선녀이신 줄 내가 알았다면,
그동안 내 어찌 당신을
밤마다 껴안을 수 있었을까요?

나 이제 당신을
임이라 부르리다.

민들레꽃

이른 봄
양지바른 길섶에
웃음 지으며 피어난
노오란 민들레꽃

지금은 하늘에 가 계신
우리 임의
날 반기던 환한 미소!

낙루(落淚)

몸은 늙어 힘이 빠지고
마음은 더욱더 외로워지는데

봄날은 다시 찾아와
눈부시게 꽃을 피우고

추억은 더욱 아름답구나.

아, 먼저 가신 임이시여,
당신이 그리워
내가 운다.

부인(否認)

사람들은 이르기를
"이 세상에서
변하지 않는 것은
아무것도 없노라" 하는데

내 임에 대한 나의 애정은
날이 갈수록
더욱더 애틋해지나니

어찌 그 말이 다
옳다고 말할 수 있으리오.

임아

내 마음 외로워질 땐
임의 미소 떠올리고

나 홀로 힘겨울 땐
임의 말씀 명심불망(銘心不忘)합니다.

그리고는 운답니다,

아, 보고픈 나의 임아!

첫눈

어둑한 초겨울 저녁 답
첫눈이 내리네.

흩날리며
내리네.

우리 임의 산소에도 저렇게
첫눈이 내리고 있겠지.

아, 추워서 어찌할꼬

아, 어찌할꼬
홀로
외로워서 어찌할꼬

아, 임아!

아침 드세요

아침이면 아침마다
우리 딸의 낭랑한 목소리
들린다.

"아버지,
'아침' 드세요."

나는 아침마다
밥과 함께
'아침'을 먹는다.

찬란한 태양이
새롭게 타오르는
'새 아침'을
통째로 먹어 삼킨다.

내가,
활기 넘치는
'새 아침'이 된다.

엄마 생각

가을바람 소슬히 부는데
서산에 붉은 석양이
매우 아름답구나

흐르는 세월 풍파에 휩쓸려도
여기까지 용하게도 왔구나

"등 너머 콩밭 갈던
엄마 더딜 때
누나하고 저녁밥 지어 두고서
들에 가신 엄마를
기다렸다오"

내 어릴 때
학예회서 불렀던
그리운 동요를
나직이 불러보니

어제같이 떠오르는
아, 고생하신 엄마 생각에

고여 있던 눈물이
한꺼번에
쏟아져 내리는구나.

아, 우리 한글!

'꽃'이라는 글자를 보자,
'꽃'을 뜻하는 표의문자(表意文字) 같이 생겼다.

그러나 이것은,
우리 훈민정음 24개의 음소문자(音素文字) 중에서
몇 개를 조합하여,
보기 쉽고, 읽기 쉽게
한 음절씩 정방형 틀 안에 모아 쓴,
소리글자, 우리 한글일세.

보라,
'ㅂㅗ ㄱㅣ ㅅㅜㅣ ㅂ ㄱㅗ'를 이대로
영문자처럼 쓰지 않고
한 음절씩 정방형 틀 안에 모아 '보기 쉽고'로 써서
보기가 쉽고 읽기도 쉽게 했다.

그래서
쓰기도 쉽고 배우기도 쉽다.

또한, 우리 한글은

세종대왕의 말씀대로
"글자는 비록 간요(簡要)하지만,
전환하는 것이 무궁하다."

가무스름하다 – 거무스름하다 – 까무스름하다
가무잡잡하다 – 거무접접하다 – 까무잡잡하다
소쩍소쩍 소쩍새, 부엉부엉 부엉새, 뻐꾹뻐꾹 뻐꾹새
늴리리야 늴리리 늴리리 맘보

아, 으뜸이로다,
우리 한글!

아, 금수강산 우리나라

동쪽에는 동해, 남쪽에는 남해, 서쪽에는 황해
북에 백두산, 남에 한라산
백두대간 뻗어 내려 금수강산 이루었네.

겨울 가서 봄이 오고, 여름 가서 가을 오니
철 따라 새 옷으로 갈아입는
아름다워라, 우리 강산!

달마다 명절 두어 자연을 즐기고
하늘과 조상님께 감사하고
이웃과 정 나누니
행복하여라, 우리 미풍양속!

수 없는 외침에도 망하지 않고
면면히 이어온 우리 5천년 역사
기어코 이루었네, 세계 10위권의 경제 대국!

아, 우리는 위대한 민족!

이 좋은 금수강산 빼앗기지 않고

잘 사는 나라 물려주신
조상님께 감사드리며
우리 모두 힘과 지혜를 모아
우리 아름다운 금수강산
길이길이 가꾸어 나가세.

세계 평화에 기여하며
행복하게 살아가세.

우리 사랑하는 아들딸들아

우리 사랑하는 아들딸아,
너희들이 어디에서 무엇을 하든 간에,
너희들과 너희들의 사랑하는 자식들과,
나아가 전 인류의 자유와 행복을 위하여
이 사실만은 꼭 명심하고 일하여라,

20세기에
근 1억 명의 고귀한 인명이
공산체제로 인하여
희생되었다는 것을.

* 중국 마오쩌둥의 대약진운동 당시
  기근과 문화혁명으로 6,500만 명
* 구소련의 대량학살 및 시베리아 유형 2,000만 명
* 캄보디아 200만 명
* 북한의 아사자 200만 명
* 에티오피아 170만 명
* 아프가니스탄 150만 명
* 공산 베트남 100만 명
* 이스튼 블록 외 기타 100여만 명.

생각해 보라,
섬뜩하지 않은가!

만일 우리나라가
6·25로 공산화가 되었다면
우리 또한 몇 백만의 귀한 목숨이 처형되거나
희생되지 않았을까!

출처: The Black Book of Communism
　　　(1997년, 프랑스, 편집자: Stephane Courtois)

현충사(顯忠詞)

나는 듣나니, 국군묘지에서,
빗발처럼 날아 오가는 총탄의 소리,
우박처럼 쏟아져 내려 터지는
포탄의 폭발음.

누가 겁나지 않으리오!
누가 목숨 아깝지 않으리오!

그 무서운 탄우(彈雨) 속에서
용감했던 우리 호국영령들,
살았으면 큰 사람 되었을,
어머니의 귀한 아들들,
그 귀한 목숨 바쳐
나라를 지켜 주셨네,
자유(自由)를 지켜 주셨네.

임들의 희생으로
오늘의 우리가 번영함이라
숙연히 고개를 숙이나니

임들이시여,
조국의 별, 수호신이 되어
길이길이 조국의 자유(自由)와 번영
지켜 주소서!

고마운 나라

공산군의 침략 앞에서 우리가
피를 뿌리며 싸우던 날,
지구의 저 먼 곳으로부터
이름도 생소한 가난한 대한민국으로
급히 날아와서

우리를 구하여 주었네!
자유를 지켜 주었네!

고마운 나라,
아름다운 나라,
참전 16개국!
지원 5개국!

미국, 영국, 캐나다, 호주
터키, 필리핀, 타이, 네덜란드
콜롬비아, 그리스, 뉴질랜드, 에티오피아
벨기에, 프랑스, 남아연방, 룩셈부르크

노르웨이, 인도, 덴마크, 스웨덴

이탈리아.

우리가 어찌
그 이름을 잊으리오.
우리가 어찌
그 은혜를 잊으리오.

기원하노니
그 이름,
길이길이 번영하여라.

우리 함께 힘을 합쳐
세계 평화 행복 이룩하리라.

독도(獨島)

'독도'는 우리 땅
막냇손자다.

천진무구하고 착하기만 한 그 어린것이
동해 바다 한가운데 서서
우리 바다 동해를 지키고 있다.

눈보라 치는 매서운 밤에도
해 뜨는 고요한 아침에도

빛나는 태극기 가슴에 달고
두 눈 크게 뜨고
지키고 있다.

밤바람에 얼마나 추웠을까?
혹여 어리석은 해적들이
해코지는 하지 않을까?

우리는 날마다
밤이나 낮이나

그를 염려하며
대비하고 있나니!

얼마나 잘 먹고 잘 살려고

얼마나 잘 먹고 잘 살려고
얼마나 잘 먹고 잘 살려고
그런 짓을 다 했을까?

얼마나 잘 먹고 잘 살려고
얼마나 잘 먹고 잘 살려고
저런 짓을 다 하고 있을까?

명언(名言)

"이것 또한 사라질 것이오."
("This, too, shall pass away.")

이 말은,
솔로몬 왕자의
명언(名言)이다.

그래서,

나의 이 말 역시,
명언(名言)이 맞다.

"이것 또한 심판받을 것이오."
("This, too, will be judged.")

너 자신을 알라

"나는 당신을 사랑합니다."
이 말은
내가 가장 많이 하고 싶은 말.

"나는 당신을 존경합니다."
이 말은
내가 가장 많이 듣고 싶은 말.

어느 날 밤 꿈속에서
소크라테스가 나에게 한 말은

"너 자신을 알라."

솔로몬 왕의 기도

이용수 지음

발 행 처 · 도서출판 청어
발 행 인 · 이영철
영　　업 · 이동호
홍　　보 · 천성래
기　　획 · 남기환
편　　집 · 방세화
디 자 인 · 이수빈 | 김영은
제작이사 · 공병한
인　　쇄 · 두리터

등　　록 · 1999년 5월 3일
(제321-3210000251001999000063호)

1판 1쇄 발행 · 2021년 8월 20일

주소 · 서울특별시 서초구 남부순환로 364길 8-15 동일빌딩 2층
대표전화 · 02-586-0477
팩시밀리 · 0303-0942-0478

홈페이지 · www.chungeobook.com
E-mail · ppi20@hanmail.net
ISBN · 979-11-5860-971-9(03810)

본 시집의 구성 및 맞춤법, 띄어쓰기는 작가의 의도에 따랐습니다.
이 책의 저작권은 저자와 도서출판 청어에 있습니다.
무단 전재 및 복제를 금합니다.